Bert y la lámpara mágica

y otros cuentos

Por Michaela Muntean
Ilustrado por Tom Cooke
Traducido por Dorle Setzer
a través de Editorial Trillas, S.A. de C.V.

UN LIBRO SESAME STREET / GOLDEN PRESS

Publicado por Western Publishing Company, Inc., Racine, Wisconsin 53404

LAS
PALOMAS

BERT Y LA LÁMPARA MÁGICA

- Oye, Bert - dijo Ernie, al pasar corriendo por la puerta de entrada del departamento -. ¡Mira lo que encontré!

Ernie sostenía una vieja lámpara de latón toda cubierta de polvo.

- ¡Ay, Ernie! - dijo Bert -. ¿Por qué sigues trayendo a casa ese tipo de chatarra?

- ¿Chatarra? - gritó Ernie -. Bert, viejo amigo, esto es un tesoro. Cuando regrese de dar un paseo en bicicleta lo primero que haré será pulir esta lámpara. ¡Entonces verás!

Así que Ernie salió en su bicicleta y Bert continuó con su lectura. Cuando terminó de leer la revista, levantó la mirada y vio la vieja lámpara que Ernie había dejado sobre la mesa de la cocina.

- Ernie nunca limpiará esa lámpara - se dijo -. Tan sólo seguirá allí, acumulando más polvo. Luego la pondrá en el armario y la lámpara caerá y golpeará a alguien en la cabeza, y esa persona probablemente seré yo.

Bert suspiró, se podía imaginar la escena.

- Bien podría yo mismo pulir la lámpara y ver cómo luce. Si se ve bien, nos la quedaremos. Si no, se irá.

Fue por un trapo y comenzó a frotar la lámpara. De pronto, se escuchó un ruido ¡puf!, y enseguida apareció un genio.

- Gracias por dejarme salir - dijo el genio -. Nadie ha frotado la lámpara por años. ¡No te imaginas cuán acalambrado y encerrado me siento allí adentro. ¿No te importa si hago algunos ejercicios para relajarme, verdad?

Bert no supo qué decir. Sólo lo observaba.

- ¡Ah!, me siento mucho mejor - dijo el genio cuando terminó sus ejercicios -. Ahora podemos tratar asuntos de negocios. ¿Qué es lo que deseas?

- ¿A qué te refieres? - preguntó Bert.

- Quiero saber qué deseas - repitió el genio.

- ¿Nunca has oído hablar del genio y la lámpara mágica?

- Claro que lo he oído - dijo Bert -. Pero eso fue en un libro de cuentos acerca de un chico llamado Aladino.

- Sí, lo recuerdo - agregó el genio -. Un chico pequeño, con muchos deseos.

Bert reflexionó un instante y dijo:

- ¿Qué te parece un rico tazón de avena?

- Bueno, es algo sencillo - dijo el genio, y enseguida apareció sobre la mesa un gran tazón de avena humeante.

Cuando Bert terminó de comer su avena, el genio le preguntó acerca de su siguiente deseo. Bert miró sus zapatos con agujetas de color blanco y café.

- Me vendrían bien un par de agujetas nuevas - dijo.

Instantáneamente aparecieron un par de agujetas cafés en los zapatos de Bert.

- Espero que no te moleste lo que te voy a decir, pero estos son los deseos más tontos que he escuchado. ¿No preferirías un castillo, una princesa de la cual enamorarte, o arcones llenos de oro y joyas preciosas?

- No - contestó Bert -, creo que no me gustaría.

Pero para hacer sentir mejor al genio pidió una jaula nueva para las palomas.

Justo en ese momento, Bert oyó que Ernie subía por las escaleras. Bert susurró:

- Oye, señor genio, por favor regresa a la lámpara ya - y el genio desapareció.

- Oye, Bert - dijo Ernie al entrar en la habitación, ¿dónde conseguiste esa jaula nueva?

Bert levantó los hombres y respondió:

- Simplemente apareció.

Entonces Ernie miró la lámpara.

- Te dije que esta vieja lámpara luciría fantástica después de pulir. Y mira lo que encontré además: un magnífico tapete viejo. Cuando regrese de patinar le quitaré el polvo.

Cuando Ernie se fue, Bert miró el tapete y suspiró.

- Bueno - dijo -, nunca sabes lo que puede suceder -. Y fue por la aspiradora.

ESTILOS DE VIDA DE LOS GRANDES Y PELUDOS

¡Bienvenidos a "Estilos de vida de los grandes y peludos". Nos encontramos en el número 456 del anillo del Snuffle para visitar a la familia de Snuffleupagus. Acabamos de tocar a la puerta de su linda cueva y la señora Snuffleupagus ha sido muy amable en invitarnos a pasar. Es verdad que desde afuera una cueva se ve pedregosa y abollada, pero se sorprenderán de ver cómo el interior puede ser tan cálido y acogedor. La señora Snuffleupagus tiene que ir a su clase de gimnasia, y su hijo Snuffy y su hija Alice nos han ofrecido un recorrido por su cueva hogar.

La primera habitación que nos mostró Snuffy fue la sala. Tiene sillones confortables y una pequeña chimenea. Del techo cuelga una hermosa capa de musgo, lo que le da a la habitación un tono verde claro. Preguntamos a Snuffy acerca de esto y nos contestó que a los Snuffleupaguses les gusta comer musgo como botana, de modo que es muy práctico dejar que crezca en los techos. Dado que usted probablemente no es un Snuffleupagus, no le parecerá excitante como a Snuffy y a su familia. A continuación visitamos la cocina, en donde encontramos al señor Snuffleupagus hirviendo coles y cocinando spaguetti. Snuffy y Alice comentan que ésta es su comida favorita. Su papá está preparando grandes porciones, ya que el mejor amigo de Snuffy, Big Bird, vendrá a cenar hoy.

En su habitación, Alice nos muestra su cama, que es como un enorme hoyo hecho en la pared; tiene paja y cobijas suaves. La habitación de Snuffy está cerca de la de Alice. Su cama está hecha de la misma forma, pero es mucho más grande. Sobre su cama hay dos almohadas. Una es para su cabeza, la otra para su trompa.

Cerca de las recámaras pasa una pequeña corriente de agua . . . Alice nos muestra cómo hace burbujas en el agua con su trompa. Dice que su hermano mayor, Snuffy, le enseñó a hacerlas, y todos estamos de acuerdo en que Alice es la mejor sopladora de burbujas que hemos conocido.

Los Snuffleupaguses nos platican que una de las cosas más lindas de su cueva es que está conectada con otras cuevas. De esta forma pueden visitar fácilmente a los vecinos. Snuffy nos guía hasta un túnel largo, por el que llegamos a la cueva de la tía Agnes Snuffleupagus. Ella es muy amable y nos ofrece panecillos de crema de musgo.
Desafortunadamente, acabo de almorzar y no tengo hambre, pero todos parecen disfrutarlos con gran placer.

Más allá del bloque de las cuevas viven los murciélagos del Count. Queremos entrevistarlos, pero es muy difícil tener una conversación con ellos mientras están colgados de cabeza. ¡Esto es todo lo que tenemos para hoy; pero, por favor, estén con nosotros la próxima vez, en que exploraremos los estilos de vida de los pequeños y esponjados!

EL ESPECTÁCULO DE LAS FIGURAS DE SOMBRA

Había luna llena en el cielo y la luz de la luna brillaba a través de la ventana de la recámara de Ernie y Bert. Ernie no podía dormir. La brillantez de la luna proyectaba sombras en la pared y en el techo. Ernie estiró la mano. Podía ver claramente su sombra en la pared. Después sacó el pie y movió los dedos. La sombra de sus dedos ondulaba en el techo. Entonces, sacó su pato de hule. Movió al pato hacia adelante y hacia atrás y la sombra daba la impresión de que el pato nadaba en el techo. Eso le dio a Ernie una idea.

Saltó de su cama y abrió el armario.
- Necesitaré esto y esto otro . . . - dijo Ernie, mientras que las cosas caían estrepitosamente a su alrededor.
Bert abrió un ojo y dijo adormilado:
- ¿Qué estás haciendo?
- Te contaré una historia que te ayudará a dormir - respondió Ernie.
- Pero, Ernie - se quejó Bert -, ya estoy dormido.
- Oye, Bert - dijo Ernie -, no pareces estar dormido.
Bert se quejó nuevamente. Para entonces ya había abierto los dos ojos. Ernie se subió a la cama cargado de cosas.

- Sé que te gustará esto, Bert - dijo Ernie -. Sólo tienes que mirar al techo y decirme qué es lo que ves.

- Veo la sombra del Rubber Duckie - respondió Bert, bostezando.

- ¡Exacto! - dijo Ernie -. Estaba nadando en el mar del techo cuando se encontró una enorme pelota de playa.

Ernie sacó su pelota de beisbol.

- La pelota de playa le preguntó al Rubber Duckie si le gustaría disfrutar de una aventura en el océano y Rubber Duckie aceptó. De modo que se fueron juntos. De pronto, apareció una enorme ola ¡gush!, y a la pelota de playa se la llevó la marea.

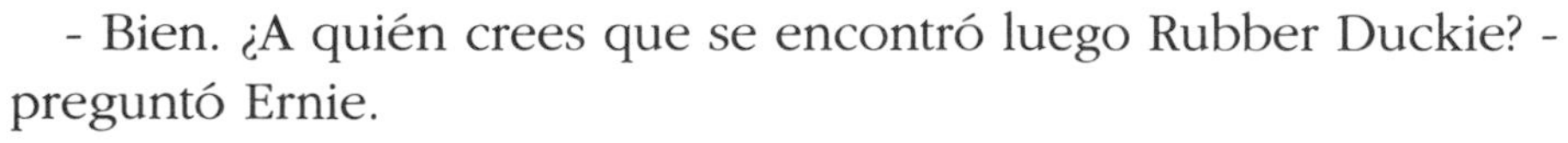

- Bien. ¿A quién crees que se encontró luego Rubber Duckie? - preguntó Ernie.

- Parece la sombra de tu guante de beisbol - contestó Bert.

- No - dijo Ernie -, es una ostra gigante y esta ostra gigante le presentó Rubber Duckie a su amiga la serpiente marina.

Ernie se quitó el guante de beisbol y metió la mano dentro de un calcetín y la puso en dirección al techo. La sombra parecía una serpiente marina.

- No te preocupes - le dijo Ernie a Bert -, es una serpiente amistosa. Le acaba de decir Rubber Duckie que viene una tormenta en camino y que le mostrará un lugar seguro en donde esconderse hasta que pase.

Para entonces, los brazos de Ernie ya se habían cansado, de modo que los bajó para descansar un minuto. También, comenzaba a sentirse algo adormilado, así que cerró los ojos.

- ¿Y bien? - dijo Bert ansioso -. ¿Y entonces, qué sucedió?

Pero la única respuesta que obtuvo fue el sonido del ronquido de Ernie. Bert suspiró y se bajó de la cama. Cuidadosamente sacó el calcetín de la mano de Ernie y lo puso en la suya. Tomó la pelota de beisbol, el guante y el pato de hule. Después regresó a su cama. Bert estaba bien despierto. Estaba acostado sobre la cama, mirando las sombras del pato de hule y la serpiente marina en el techo.

- Bueno - comenzó -, la serpiente marina llevó al pato de hule hacia una tranquila caleta, mientras la tormenta rabiaba estruendosamente a su alrededor . . .